몽
고
반
점

몽고반점

발행일	2020년 12월 18일		
지은이	한창민		
펴낸이	손형국		
펴낸곳	(주)북랩		
편집인	선일영	편집	정두철, 윤성아, 최승헌, 배진용, 이예지
디자인	이현수, 한수희, 김민하, 김윤주, 허지혜	제작	박기성, 황동현, 구성우, 권태련
마케팅	김회란, 박진관		

출판등록 2004. 12. 1(제2012-000051호)
주소   서울특별시 금천구 가산디지털 1로 168, 우림라이온스밸리 B동 B113~114호, C동 B101호
홈페이지 www.book.co.kr
전화번호 (02)2026-5777   팩스   (02)2026-5747

ISBN   979-11-6539-540-7 03810 (종이책)   979-11-6539-541-4 05810 (전자책)

이 도서의 국립중앙도서관 출판예정도서목록(CIP)은 서지정보유통지원시스템 홈페이지(http://seoji.nl.go.kr)와
국가자료공동목록시스템(http://www.nl.go.kr/kolisnet)에서 이용하실 수 있습니다.
(CIP제어번호: CIP2020053465)

(주)북랩 성공출판의 파트너

북랩 홈페이지와 패밀리 사이트에서 다양한 출판 솔루션을 만나 보세요!

홈페이지 book.co.kr • **블로그** blog.naver.com/essaybook • **출판문의** book@book.co.kr

한창민 시집

몽고반점 蒙古斑點

북랩 book Lab

제1부

제2부

제3부

제4부

제5부

제6부

제7부

"삶은 유한하지만 자아는 무한하다."

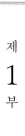

제

1

부

행복

불타는 행복을 맛보았기에

사그라드는 불꽃도 느껴진다

언젠가 꺼질지 알았기에

감당해야 하는 행복의 무게

타버린 심지는 다시 불이 붙지 않는다

몽고반점

서운하다

서운함을 들킨다

서운함을 내비친다

서운함을 감출 수가 없다

서운함을 갖기 싫다

서운함이 느껴진다

서운하다

떠났다

머무른다면 좋겠지만

홀연히 떠나버렸다

미련을 갖지 않는다

떠나는 것이란 그런 거니까

몽고반점

선

선한 사람은 눈빛으로만 보아도 알 수 있다
선한 사람은 스스로 선을 긋지 않는다
정해진 선을 걸어 나가고 있는데
자꾸 세상이라는 돌멩이가 날아온다
정해진 선을 올곧게 걷다가도
발끝이 선을 넘기기도
발을 헛디디기도 하다마다
선한 사람은 언젠가 선풍이 날아들어
그가 밟는 모든 곳이 옳다는 것을

압박

묶다
조여온다
짓누른다

많은 압박을 느낀다

근데 결국 없을 無이다
느끼지 않아도 되는 압박

열심히 살겠다는 일념하에
압박 속에 살아간다

압박을 잊고 자유를 느낀다면

압박은 스스로 느슨해져
어디론가 보이지 않는 곳으로 사라졌음을

몽고반점

삼키다

목구녕 끝 저편으로 잠식한다
가는 길이 거칠다

삼키기에 가파르고 어려움이 많다
억지로 욱여넣어본다

그 결과는 비참하다

삼키는 것도 나이고, 결정하는 것도 나이거늘
뭣 때문에 욱여넣는 것인가

물도 마시고 숨도 쉬고
그러면서 삼키는 거지

정

"정내미가 안 가"

그 말을 하는 당신은

이미 정이 간 것 아닐까

폭포

인생과 파도는 늘 붙어 다니는 친구 같다
어쩌면 가끔은 폭포였는지 몰랐을지도

폭포는 차디찬 물줄기가
바닥을 향해 거세게 쏟아져 내린다

인생이 차갑게 쏟아지는 것만 같지 않은가

결국

파도가 아닌 폭포라면
시원하게 쏟아져 내리고만 싶어라

길

길 위에 남아 있는 흔적
그대의 것인가

아니면

어떤 다른 이의 것인가

자꾸만

내가 가는 길 위에 있는지
도통 이유를 모르겠소

몽고반점

일어난 적 없는 일

문제를 삼으면 문제가 되며

걱정을 하면 걱정을 하는 것이 사람이지만

일어난 적 없는 일은

결국 일어나지 않은 일이니

청승맞게 시간을 낭비하지 말길

시간을 잃어버린 것은 이미 일어난 일이니

지나간 시간에 세월을 허비하지 말길

믿음

진작에 불전에 찾아가 기도를 하였다

새해가 되어 다시 찾아가 기도를 하였다

오래되었다

내년에도 어김없이

내 꼭 불전에 찾아가리다

몽고반점

목숨

너는 무엇을 위해 그렇게 살아왔니

무엇을 위해 그렇게 너는 살아왔니

그렇게 너는 무엇을 위해 살아왔니

앞으로도 무엇을 위해 그렇게 살 것이니

무엇이 그렇게도 중요한 거니

들리지 않는 얘기

바람에 떠돌며 조용한 모래는
인간의 소리를 듣는다
이 얘기 저 얘기

변덕꾸러기 인간은
변함없는 나무의 소리를 듣지 못한다

아무 얘기도 들리지 않는다

모래는 바람에 떠돌며 어디에든 있고
나무는 자리를 지키며 언제나 버티며

인간도 결국 언젠가는 자연으로 돌아가
자연과 함께 속삭일 운명이니

몽고반점

본질

썹다보니 단물이 빠져
쓴맛이 나버리는

단물은 다 빠져 쓸지언정

옛 어른들 말씀
고로 몸에 좋은 것은 쓰다

스스로 쓴 사람이 되어 남겨져
단물은 다 빠진 뒤
무르익은 농후함으로 젖어가길

기둥

거침없이 살아오던 바람에

기둥이 흔들리기 시작할 때에는

뿌리를 깊이 내려 흔들리지 말아야 할 때이니

비바람이 거세게 몰아치고

폭풍우가 온 곳을 뒤흔들수록

그 뿌리 깊게 내려

나의 기둥 무너지지 않게 하리라 다짐하였네

몽고반점

잠들기 전

혼란스러운 시기에 찾아온
달가운 바람에 잠시 눈을 감아봅니다
스산한 가을 공기가
겨울 공기로 바뀌어가는 계절입니다
또 그렇게 차가운 공기의 바람과
마주하는 시기가 왔네요
여느 때와 다름없이 가슴 한켠은
언제나 아른한 것 같습니다
결국 다 천천히 지나가고 있다는 것을
잠시 까먹고 지내고 있었네요

틀림없이

슬픔에 가득 찬 이를

정말로 위로하고 싶거든

정말로 힘이 되고 싶거든

넓은 품을 내어주어라

아무 말 말고

틀림없이 2

모래가 가득 찬 상자에
작은 구멍을 뚫어보았다

스르륵 소리를 내며 새어 나온다

상자를 자그마한 구멍으로 기울이며 모두 비워낸다

작은 구멍 하나로
기울이는 작은 노력으로

모래들은 세상과 마주할 수 있었다

삭막한

삭막함의 징조는

조용하지 않은 풍경일 뿐이다

삭막하다는 것은 곧 황폐해질 것임을

황폐하기에 마른 가뭄은

단비를 뿌릴 기회라는 것이 있음을

몽고반점

먼지

내가 나의 삶을 속일지라도
나를 속이지 않으면 되지 아니한가
되풀이되지 않는 삶을 감사히 여길 자 있는가
한 번의 기회를 발악하거나 내려놓을 테니
지레 겁을 먹고 나를 속이지만 않으면 되는 것인가
값진 의미를 속여 악의로 둔갑하지 않으리
드넓은 우주 속에 나라는 먼지는
악 같은 삶 안에서 소멸하지 않으리라
떠돌며 뭉치고 뭉쳐 사라지지 않는 먼지가 되겠다

제

2

부

꿈

머지 않아

멀지 않아

멋지 않아

묻지 않아

별을 향해 꿈을 노래해봅니다

은하수를 향해 꿈을 읊어봅니다

몽고반점

새장

비어 있는 새장의 시들어버린 나뭇가지

주인이 없는 집엔 온기마저 존재하지 않네

주저앉은 깃털들만이 자리를 지키고 있네

작은 아이 주저앉아 하염없이 한숨만 내뱉고 있네

돌아오지 않는 새는 먼 길을 떠나

아이 곁에 다시 오지 않으리

언덕길 거슬러 올라가

노을 진 시골 마을 언덕길 거슬러 올라가
삐거덕거리는 수레 어떻게든 끌고 올라가겠다

다짐했거늘 왜 이리 숨 가쁘고 땀이 흥건한가

언덕 너머 기다리는 지어미와 아기 새들 생각에

숨이 가쁜 줄도 땀이 흥건한 줄도 모르고
힘차게 밀어도 보고 끌어도 보며 안간힘을 쓰네

몽고반점

꿈 2

꿈은 현실과도 같다 아닌가
이상적인 현실은 결국 꿈에 불과하다 여기거늘
달려가다 지쳐 이상에 높이를 낮춰
나 자신을 낮추기 마련이다

이상에 현실의 높이는 중요치 않다
인간의 꿈은 언제나 변하기 마련이기에
그 높이에 도달하지 못하였거늘

나 자신을 낮출 이유란 없는 법이다
나 자신을 사랑하고 아낄 수 있다면
그걸로 된 거다

멈춘 시간 속 상인들

일요일
동묘 앞에 가면 낮부터
제 몸을 가누기 힘들다

시간이 멈춘 상인들과 호기심으로 가득 차
찾아와 옛 시간을 탐험하는 젊은이들로

가득 차 붐빈다

먼지 가득 쌓인 레코드판 후 불며
표지를 살펴본다

향수에 젖은 그들과
표지에 나온 그림을 구경하는 젊은이들

같은 사물 다른 시각
함께 공존하는 그곳은
오늘도 붐비고 있다

몽고반점

모든 것들은

여의도 한강공원
석촌호수 산책 길
삼청동 거리

설렘에 가득 찬 이들로 북적대며
아쉬움을 접지 못하며 발걸음 옮기네

곧 떨어지는 벚꽃 잎을 보며

다음을 기약하는 그대들은
내년에 다시 꽃 필 벚꽃을 기대하며

바쁘게 살아가네

닭이 계란을 낳듯이
모든 것들은 피기도 지기도 하기에

아쉬움보단 다음을 기약하며
더욱 기대하고 성장하네

마시고 춤추며 노래하라

저녁 7시 먹자골목 밝은 전광판 불빛 속에
사람들로 가득 차 발걸음 내딛기 힘든 거리

아니

어딜 가서 무엇을 먹을 건지
어딜 가서 누구와 마실 건지
어딜 가서 어떻게 놀 것인지

무엇을 할지
무엇을 먹을지

고민하며 발걸음을 주춤주춤 옮기는 사람들로
내딛기 힘든 거리

하루의 끝을 마무리하고
한잔 나누며 정리하고
회포를 풀어가는 이들

외로움을 달래며 사랑이 싹트기도 하는 밤거리
제각각 사연에 이유마저 다른 이들은 결국
같은 곳에 모여 한 잔 두 잔 마시며

그렇게 금요일 밤을 지새우네

마시고 춤추며 노래하라
행복하고 슬프고 지쳤더라도 누구라도
후회 없이 즐기고 흠뻑 취해라

슬픔의 언저리 끝에서

더 이상 슬퍼할 시간이 없다
여유를 가질 시간마저 부족한데
슬픔에 낭비할 여유가 없다

행복을 쫓는다면 행복은 더 멀어질 것이기에
눈앞의 슬픔을 내쫓을 수 있는 자 있는가

나약한 인간은 세상에게 감정을 부여받아
감정에 호소하기를
허나 감정은 인간의 강점임을

슬픔에 끝에서 떨어져 내려

아득한 빛을 향해 갈 수 있도록

몽고반점

일반적인 일상을

일반적으로 사람들은 본인들이
평범한 인생을 살고 있다고 생각하나

그 평범한 인생이 누군가에겐
정말 절실한 인생이거나 일상일 수 있다

놓아버리는 것은 어렵지 않은데
놓지 못하고 붙잡고 있는 것은

더욱더 어려운 것을

반복되는 일상을 꿈꾸는 자들이 있다
포기라 여기지 않고 잠시 쉬어간다 여기며

평범하지 않은
일반적이지 않은
일상을 살아가는 이들에게

산 너머 산 너머

산 너머 산 너머

몸체만 한 물병 한 통 짊어진 채
걸어가는 상인

다음 마을로 넘어가는 도중
목이 말라 잠시 앉아 목을 축이네

다시 일어나 넘어가다
다시 앉아 목을 축이네

그러기를 반복하다

몽고반점

그 몸채만 한 물병이 바닥을 보이기를

"내 이 물 기르고 나르기에 힘이 겨웠으나
이 물 하나에 모든 것이 녹아내리는구나
바보 같지만 다시 하면 되지 않은가
결국 모든 것은 굴러가는 게 아닌가"

나라는 존재

홀로 사색에 잠기는 이 밤
사실은 밤이 아니었음을

내가 여기던 사색은
사색이 아닌 몽상이었음을

어쩌면 내가 알던 모든 것은
하나도 알지 못했음을

진짜이건 진실이건
결국에는 나 혼자였음을

몽고반점

저 연과 내가 함께

지나가는 바람에 몸을 실어
같이 날아가네
같이 나는 연과 나는 다를 게 없네
바람에 몸을 맡기어보네

무기력한 밤이로다

적적한 공간에 덩그러니 앉아 있다
누가 곁을 안아주었는가

머리를 쥐어짜고 앞에 있는
거울을 마주하여 보았지만
나의 모습마저 보이지 않았네

넋 나가 웃어보고 울어도 보지만
아무것도 보이지 않네

전등에 비춰 그늘진 그림자만이
나의 곁을 안아주었네

무기력하고 고통스러운 밤이
지나가네

순리

가느다란 나뭇가지를 타고 흐르며
끝자락까지 퍼지는 전율

마른 낙엽과 함께 빠져나가는 혼

봄을 기약하고
얌전히 온화한 꽃이 피길

잠시 그저 동면하는 것임을

하루

하루가 짧다는 생각에
언제나 사로잡혀

창밖을 보며 지나간 시간을
아쉬워한다

언제쯤 하루가 길게 느껴지는
여유를 찾을 수 있는 것인가

체취

향에게 이끌려 따라간 나의 몸

향기에 취하여 흐트러진 나의 정신

정체 모를 향에 몸의 근육을 풀어헤치자

나의 깊은 곳 솟구치는 행복감에

육체도 정신도 하나가 되어 취하여버리네

몽고반점蒙古斑點

비천하고 더럽혀진 인간은

갓 태어나 몽고반점을 단 신생아였던

그 시절을 그리워할 기억조차 없다

그리워할 자격이 없는 것이다

후회

늙어서 후회하고 싶지 않다
모두가 그랬으면 좋겠다

꿈을 저버리고 싶지 않다
모두가 그랬으면 좋겠다

욕심을 버리고 싶지 않다
모두가 그랬으면 좋겠다

이상이 현실이 되는 순간을 위해
열정을 버리지 않는 삶이면 좋겠다

후회하지 않았으면 좋겠다

유리병

유리병의 겉면은 유리로 되어 있어요
보통의 유리병 안에는 액체가 담겨 있어요

혹여 무엇이 담겨 있을지 모르지요
그 무게는 들어봐야 아니까요

유리병을 함부로 대하지 마세요
깨지기 쉬우니까요

겉으로는 단단해 보이는 유리병이지만
그만큼 깨지기 쉽기에 겉으로 판단하지 마세요

함부로 다루다간 산산조각 날 수 있으니까요

몽고반점

어디까지

노력노력노력노력노력
노력노력노력휴식노력
휴식노력노력노력노력
노력노력노력노력···

밑도 끝도 없네

제
3
부

흐르는 시간과 강물

흐르는 시간은 멈추지 않아
나를 따라오지

흐르는 강물은 멈추지 않아
멀리 떠나가지

흐르는 것은
멈추지 않기에

되돌이킬 수는 없는 것이지만
제자리로 돌아갈 수는 있기에

주저앉아 시간에게 얘기 들어보네

몽고반점

단추

구멍이 네 개 뚫린 단추
구멍이 두 개 뚫린 단추

이러나저러나 궁금하지 않다

결국 제 역할을 다할 뿐

구멍이 네 개 뚫린 단추는
옅게 묶어도 단단하고

구멍이 두 개 뚫린 단추는
더욱더 단단히 묶어

결국 제 역할 다하는 것을

그런 건가요

단순하게 살고자 다짐했는데
호락호락하지 않네요 그것이

행복하게 살고자 다짐했는데
그것도 호락호락하지 않네요

오기가 생기네요
없던 마음도 생겨나네요

흔들리지 않을 거예요

그런 건가요

몽고반점

변화

변화를 두려워하는 그에게

건네는 한마디

"계속 그렇게 살고 싶어요?"

그런 거야?

세상에서 가장 원망스러운 것은 악마인데

악마는 내게 아무런 짓도 저지르지 않았어

슬픔에 가득 찬 너는 누구도 원망해서는 안 돼

내 마음 속 악마는 아무런 짓도 저지르지 않았어

몽고반점

숭아야

잘 익은 복숭아
한 입 베어 먹는다

털째 먹는다
터지는 과즙의 단물에

정신 팔려
털이 거칠은지도 모르고

정신없이 베어 먹는다

상징

상징적인 무엇을

간직하고 있나요

대단히 별것 아니어도

정말 별것 아니어도

괜찮아요

나랑 나만 알아도 충분하니까

몽고반점

쉼

숨 가쁘게 살아온 당신 쉬세요

쉬고 싶으면 잠시 쉬세요

잠시 귀를 닫을까요?

노래 듣고 술 마시고
읽고 싶은 책 읽고
보고 싶은 영화도 보고
보고 싶은 사람도 만나고
자유롭고 싶을 때가 있어요

쉬고 싶으면 잠시 쉬세요

우리 모두 나를 잃지 말자구요

그것만큼 무서운 건 없어요

바다

방파제에 부서지는 파도
넘실거리는 바다

뛰어들고 싶어
쳐다만 본다

저 끝이 보이지 않는
바다를 멍하니 바라보다

뛰어들고 싶어
눈물이 흐른다

몽고반점

순수

저 푸른 들판이 좋아
세상은 티끌 모으지 않아도

행복해

흩날리는 꽃가루를
내가 잘 찾아야 해

바다가 좋아
산이 좋아

바람에 술렁이는 갈대밭에
꿈만 같은 동화 속에 빠져

순수에 잠겨보네

폭죽

폭죽놀이를 하는 청춘에게
그 폭죽은 어떤 의미인지

쏘아 올려 즐기는 모든 과정

무슨
폭죽에 의미가 있을까

터진다
화려하다
시끄럽다

잠깐

정말 모든 건 그런 것일까

몽고반점

다른 길을 걸어가네

낚시를 즐기는 청년
등산을 즐기는 청년

서로 다른 방향

낚시를 즐기는 이
낚싯대만 하염없이 붙잡으며

언제 올지 모르는 희열을 기다리며

등산을 즐기는 이
정상을 목표로 오르며

끝에서면 느낄 수 있는 희열을 기대하며

각자 다른 길을 걸어가네

선인장

그는 목이 마르지도
배가 고프지도 않다

자신을 보호하기 위한 그 가시 속의 나약함

햇님은 그런 그를 안타까워하기에
늘 곁을 지킨다

우리는 그런 그를 사랑하기에
늘 곁에 둔다

몽고반점

품

이 모든 것을 안고 살아가기에

나의 품이 적지 않았나

넓은 품이 모든 것을 안을 수 있는가

환상

구름에 가려진 빛은 신령님
새하얀 구름은 선녀님

신령님은 모습을 드러내지 않네

선녀님 내게 미소 보이며
몽글거리네

신령님
내게 아무 말 건네지 않네

새하얀 구름 뒤로
비춰지는 은은한 빛은
따스히 내게 스며드네

몽고반점

소년

소년은 어른이 되어
소년의 감정이 식어
소녀를 기억하지 못하네

그 소년은 어른이 된지
모른 채
그 소년은 어른이 되어 있네

소녀를 사랑했지만
소년의 감정은 식어

어른이 되어 있네
그는 차갑게 식어가는 중이라네

소년은 어른이 되어
기억하지 못하네

새악시

새악시, 새악시 나의 새악시여
아 드디어 나의 새악시가 된 그대여

가을의 제철 홍시 마냥
말랑말랑 붉게 물든 그대의 볼을 보니

나의 심장은 더욱 붉게 물들어가네

가을의 전갈이 되어 독을 품은 채
그대여, 나의 새악시 평생 지키겠노라

다짐하였네

몽고반점

백수로 잘 지내니

밤낮 바뀌어
새벽 새소리 들으며
잠드는 그대는 백수

새하얀 백수가 되고자 택한 백수의 길

새 지저귀는 소리에
오늘도 지쳐 잠이 듭니다

낮밤 바뀌어
지쳐 잠에 들지 않을까

오늘도 그대는 백수로 지내봅니다

휴지조각

그 아이들은 감당의 무게를 아는가
피폐해지는 어린 소년이 되어봤을까

그 아이들은 슬픔에 목을 조여보았는가
타락하는 어린 소년은 찢어져간다

물에 젖은 휴지 마냥 무겁고 무기력하며

버겁다 힘이 들다

피폐해진 소년은 버티고자
젖은 휴지 목구녕 너머로 삼키며 살아간다

몽고반점

사막을 보았다 한 번도 가보지 못한

나는 사막을 보았다
백색 모래사장을 멍하니 바라보다

한 번도 가 보지 않은 아무도 없는 조용한 사막

그날 나는 사막을 보았다

햇빛에 뜨거운 모래사막
바람 불면 흩날리는 모래바람

개미 한 마리 보이지 않는
고요한 모래사장

그날 나는 사막을 보았다

제

4

부

산과 바다

산은 푸르고 푸르며
계절의 옷을 바꿔가며 입는다

바다는 푸르고 푸르지만
늘 한결같은 모습의 바다이다

내 마음의 옷이 바뀌고 싶다면
산을 찾는 것이고

내 마음의 쉼터가 필요하면
바다를 찾으니

나는 친구가 둘이나 있는 셈이다

거 참 복 받았네

몽고반점

붉은 노을 속 진리

구름에 가려졌던 태양은 그제서야
본래 모습의 붉은 빛을 드러내었네
진리를 깨닫는 순간
그림 마냥 노랗지도 않네
그저 붉게 물들어 퍼져가고 있네
온 세상이 붉은 빛으로 물들어가며
날은 저문다

밑거름

높은 하늘 밑에는 단단하고 든든한
땅이라는 존재가 존재하며

저 큰 소나무는 땅으로부터 높은
하늘로 치솟고 있으며

뿌리는 밑을 향하고 있으나
가지가 자라며 뻗어가는 것은
하늘과 가까이하네

몽고반점

풍요로운 바람

구슬구슬 내리는 구슬비

따스한 햇살이 밑거름 되어

저 큰 소나무는 사시사철 자라나고 있네
저 깊은 땅 속에서
뿌리 뽑히지 않도록
깊고 또 깊게 뿌리내리고 있네

어린애

놀이터에 혼자 그네를 타고 있어
그 아이는 저녁 시간이 되기까지
줄곧 그곳에 있어

엄마 엄마

언제 와 보고 싶어 배고파

5살 어린애는
퇴근하는 엄마를 언제나
하염없이 기다리고 있어

외로움이 많은 그 어린애
엄마가 많이 걱정해

맞바람

바람도 맞바람이 시원한 법이다

바람아 불 것이라면

양쪽에서 똑같이 불어라

소중한

지나가다 툭 튀어나온 돌을

발로 툭 하고 건드려 본다

옆에 있는 친구가 말린다

"괜히 건들지 마 불쌍해"

그랬다 친구는 돌마저 사랑했다

돌마저 아낄 수 있었다

어느 순간부터 나는

걸어가며 발로 돌질을 멈췄다

몽고반점

위스키 한 잔

얼음 동동 띄운 유리잔
제임슨 한 잔 반쯤 따라

유리잔을 굴려 얼음을 굴려

나의 사색도 같이 굴려
얼음과 함께 녹여보네

잘 섞인 얼음과 제임슨 한 잔
향을 음미하며

천천히 입술과 입 맞추어
살며시 혀로 반기며
천천히 내게로 들어오네

제임슨 한 잔에 나의 외로운 마음
별것 없이 녹여버리네

향기

오줌 냄새가 진동을 한다
암컷의 향기이다

마구 할퀴어 대며 앙칼지게 군다
빨아도 빨아도 없어지지 않는다

향기가 악취로 변한다
지독하다

숨조차 쉬기 힘들 정도로
지독한 악취에 진절머리가 난다

냄새를 할퀴어 대며 향기를 지우려
코를 여미어 본다

몽고반점

영화의 주인공

주인공은 그녀인 줄 알았건만
그녀를 사랑할 자격은 내게만
있는 줄 알았건만

영화의 주인공은 그녀가 아니야
그 영화는 내가 주인공이었어

나 홀로 사라져가는 결말이었어

홀로 지내는 것

좋아하는 옷을 입고

좋아하는 노래를 들으며

좋아하는 곳을 거닐고

좋아하는 음식을 맛보며

좋아하는 술 한잔 기울이고

좋아하는 모든 것들을

이렇게 오늘도 나는 홀로 젖어든다

몽고반점

오이도의 바다

화살을 쏘아 과녁을 맞춘다 한들
두 사랑의 화살이 입 맞추기에는

흩날려 뿌리치는 나뭇잎과 다를 바 없음을

그날 밤 오이도는
갯벌에 바다가 잠겨 어두컴컴하였다

우리의 화살은 입을 맞추지 못하였다

멀리 빗겨간 화살은
그녀의 심장을 쏘아 현실이란 이름으로

그녀의 눈에 피를 흘리게 한다

갯벌은 그녀의 피눈물로 홍건한

붉은빛 범벅의 바다가 되었다

연못

서울 인근 여름

안개 낀 연못가

근처 공사장 톱니바퀴 돌아가는 소리

내 청각 배경에 심취해

매미 우는 소리로 둔갑하여

귓속에 잔잔히 들려오네

몽고반점

피와 물

풀어 헤친 눈망울에
촉촉한 피가 고여

심오한 세계에 고인 피를
빼보려 정신마저 풀어 헤치기에

그 피 온몸을 적셔
맑디맑은 물을 더욱 갈구하네

물보다 진한 진득한 피를 물로 씻기 위해서
씻고 싶다

향미

비가 내린 뒤 진동하는 풀 내음은
나의 향미를 자극하며

어릴 적 잠자리채 들고 자전거를 타던
시골 마을의 아이로 돌아가고 싶어라

비 온 뒤 날씨는 맑음

물방울 맺힌 촉촉한 풀들을 바라보니

내 눈 어린아이 눈망울 되어
점점 눈가가 촉촉해지네

방

쪼그려 앉아 전등불 밑에
드리우는
글자 글자 읽으며
티브이 너머로
드리우는
백색소음에
비몽사몽 눈 감기어
잠드네

침대에 누워 천장만 바라보다

조용한 방 늦은 아침 일어나
냉장고 문을 열어 컵에 우유를 한 잔 따라 마신다

무심하게 제자리에 넣은 뒤
나의 몸도 제자리에 넣는다

잠은 깨었으나 몸은 깨지 않은지
꾸벅꾸벅 초롱한지 몽롱한지 모를
눈동자는 천장만 바라보다

어제 봤던 영화
어제 들은 이야기

몽고반점

이 생각 저 생각 아무 생각
조용한 아침인데 아침 같지는 않은데

충전 다 된 휴대폰 켜보면 시간만 보이고
왜 보고 있나 싶다 다시 내려놓고

다시 잠도 오지 않고
멍하니 침대에 누워 천장만 바라보다

그렇게 긴 시간 누워 있다
다시 잠이 듭니다

사는 방법

까마귀의 식탐을 가진 앵무새가 되어

근엄한 독수리로 성장하겠노라

몽고반점

과정이라는 게

아픔을 잊으려 애써 보아도
잊히는 건 아픔이 아닌 기억이니라
기억을 잊는다는 건
아픔은 가슴에 맺혀 비수가 되어 키워가고
기억은 시간이라는 風 속에
흩날려 보내어 무뎌가고
맺힌 비수 날이 무뎌가며
더욱 강한 날로 가슴 속에서
차츰차츰 키워나가리

문득

나이테 들 듯이
나이를 한 줄씩 긁어가는 것은

책임의 무게를 짊어짐과
동시에 책임의 양이 줄어드는

저 별은 우두커니 지켜보기만 할 뿐
아무런 얘기도 들려주지 않네

저 달은 은은한 광을 내려주기만 할 뿐
훈수를 두지 않네

별과 달의 시선에 밤 속에서
오늘도 나이테 한 줄씩 긁어가며

밤공기를 노래하네

몽고반점

나로 살아간다는 게

　　나로 살아간다는 게 얼마나 어렵고 힘든 일인지 아마 누구나 알 것이다. 그저 있는 그대로 산다는 게 얼마나 버거운지 알 것이다. 우리는 삶 속에서 분명히 자의가 아닌 타의에 의해 타인의 시선에 의해 마음을 감정을 생각을 조종당하고 있다. 현실이라는 사회와 시대의 흐름으로 인하여, 단 한 번 있는 나의 생을 나로 살아가지 못하고 있다. 나로 살아간다는 것에 대하여는 언제나 가장 어려운 문제점이며, 우리의 사회에서 누구나 안고 사는 고질병이지만 나로 살아가고자 노력하며 최선을 다하고 있는 삶을 살고 있다면 포기하지 말고 조종당하지 말고 나라는 존재의 정의에 대해서 보다 더 명확하게 해석하여 앞으로의 앞날이 후회라는 장벽에 막히지 않고 넓고 푸른 초원에서 자유로운 나비가 되어 자유로이 날아다니고자 한다.

이 시를 너에게

나라는 너에게
가장 사랑하지만

가장 사랑할 수 없는
나라는 너에게

세상의 아픔을
삶의 노래를 시로 부르며

웃음을 쫓기보단

나 자신에게 쫓기지 않으려는
나라는 너에게

이 세상 누구보다 너를 사랑해
그렇지만 가장 사랑할 수 없는

나라는 너에게
이 시를 너에게 바칠게

몽고반점

제 5 부

철새의 생각

저 멀리 날아가는 철새는

무엇을 보고 날아가고 있는 것일까

철새의 시선으로

지평선을 내다보고

산을 내려다보고 싶다

무슨 생각일까

문득 궁금해진다

몽고반점

꿈과 바다

꿈속에서 바다를 보았다

태양의 광이 바닷물에 반사되어

눈이 부신 띠를 이룬 그 바다

상어가 돌고래 마냥 바다를 뛰어노는 그런 바다

꿈속이니 상어에게 삼켜지는 것 또한 꿈같은 바다

눈을 뜨고 깨어보니 바다는 없었다

탐라

어깨 넓이만큼 다리 잔뜩 벌려
얼굴 사이로 끄집어 보아

절벽에 들이치는 파도는
푸른 하늘 내리는 물벼락

거꾸로 보는

탐라의 온 세상은
푸른빛 물결 하늘

얼굴 피 쏠리는지 모른 채
휘몰아치는 감정에 멍하니 바라보아

몽고반점

희열

눈물이 그치고
땀이 마르고

피가 솟구치는 기분은
이로 말로 설명할 수 없으니

비가 그치고
해가 뜨는 시기에

피가 솟구치는 기분으로
마주하였으니

눈 감아 편안히 누워본다

마을버스

마을버스 정류소에 멈춰
줄을 서서 순서를 기다리는 사람들
마을버스는 동네를 순환하며
내게 순서와 순환이라는 모습을 보여주네

같은 일상을 살아가는 사람들과
순서대로 행동하는 사람들의 모습은

결국 나의 삶과 다를 바 없는 걸

저들도 나와 다를 바는 없으니
멈추어 가까운 곳부터 보았으면

늘 마을버스는 동네를 순환하네

몽고반점

수유역 7번 출구

수유역 7번 출구에 걸터앉아

지나는 차를 바라보며 멍하니 있는다

창밖으로 얼굴 비춘 어린아이에게

웃으며 손 흔드니 부끄러움 감추지 못해

얼굴을 숨긴다

습지

흐르는 계곡물
버젓이 버티는 바위틈
자라나는 이끼

버젓이 자리잡고
커가는 이끼

비가 내리면 불어나는 계곡물
굴하지 않고 굳건히 서 있는 바위틈

이끼는
푸르고 푸르게 자신만의 방식으로 살아가네

습하다 꿉꿉하다

오늘도 이끼는 무럭무럭 자라나는 중

　　　　몽고반점

시간을 거슬러 올라가는 소녀

시간을 거슬러 올라가는 소녀의 비행
늙어가는 소녀는 세월을 역행하며

더욱 젊어지기를 바라며
육체도 심신도 이미 늙어버린 노년이 되지만

그녀의 정신은 시간을 거슬러
소녀였던 때로 돌아간다

육체도 심신도 정신에 지배당하여
젊어질 수만 있다면

소녀의 바람이 이루어질 수만 있다면
곁에 있던 내 눈물 아깝지 않게 흘릴 수 있으리

버팀목

돌 위를 한 발 한 발 내디디며
오르막의 등산길을 걸어간다

중후반쯤에 다다르자 가파르기 시작한다
사람들의 잦은 발과 손이 닿은 등산길

구석구석 있는 나무들의 도움을 받아
정상을 향하여 오른다

산을 오르며 잡히는 나무의 감촉은

마치 오래된 고목나무를 만지듯
견고하고 단단하며 부드럽다

몽고반점

노인의 피부 살갗을 만지듯
여위었고 힘 없는 듯 부드럽다

아직도 그 촉감을 잊지 못한다
길목에 버티어 도움이 되어주는

나무들의 오랜 버팀이
우리를 정상으로 인도하기에

잊지 못하리
늘 고마우리

흙탕물

첨벙첨벙 물이 고인 웅덩이에

발 내딛는다

내 마음이 술렁인다

흙빛에 가리어 혼란스런 물웅덩이

비가 더욱 거세게 내리어

이내 비에 씻겨 내려간 흙탕물

가슴에 고인 흙도 씻겨 내려가

개운한 아침 햇살로 반기어주네

배고픔

나는 늘 배가 고프다

배가 등 가죽에 달라붙어 가기를 기다린다

의지라는 기둥에 매달린 채

나의 지방은 타들어가고

체중은 감량되어만 간다

배가 고프다 하여 배를 채운들

나의 허기를 달래기에 턱없이 부족하거늘

그렇게 의지를 달래고 달래어

나의 허기를 달래보네

향초

타들어가는 향초 앞에 타들어가는

잿더미들은 과연 무엇이었을까

타고 남은 잿더미들은 올바르게 태워졌는가

우리는 타들어가는 향에 취하여 순간을 즐기었네

그 남은 잿더미들은 우리의 행복이었네

회색도시

길고 검푸른 나무들이 즐비어 있네

우리의 야망은 높디높은 나무들에 비하면
턱없이 부족하였네

부족한 건 우리가 아닌 공간이었네
회색도시의 안에 갇힌 우리는

푸르른 나무를 찾아
이곳에서 벗어나길 희망하네

이어폰

이어폰을 낀 사람들은
스스로 귀를 닫고 지낸다
듣고 싶은 것만 듣는다

좋아하는 가수의
좋아하는 노래
좋아하는 동영상
좋아하는 라디오

이어폰을 낀 사람들은
각자의 방이라는 공간 속에
자신만의 세계에서

혼자라는 시간을 보낸다

몽고반점

맨 정신

지나간 인생에게 맨정신으로 너를 대하는 건

제정신의 너에게 맨정신의 달가운 모습은

반갑지 아니해

아니 달갑지도 아니할 것이야

구름

구름을 움직이는 건 바람이니
바람의 마음을 누가 아리

그저 떠나고 싶을 때
부는 것이 바람이거늘

바람 따라가는
구름의 여정은 언제 그칠지 모르니

그저 멍하니 바라만 보고 있네

혼잣말

모쪼록 건강하길 바란다고
내 속으로 전하는데
닿을지 그 아무도 모르겠어
그저 무탈하길 내 소망을 담는 거야
넣어둔 쪽지 조심스레 꺼내보았어

지워질 수 없는 소녀

널 생각하면 내 마음 한 곳이 아려와

나는 나를 생각하지 못해
너는 나를 생각하기는 하는지

마음 한구석에 있는 돌 담벼락마저
무너져 내려가는 내 가슴 속을 아는지

가슴 한켠에서 하모니카 부는 소녀의
곡절이 내 온몸을 타고 진동이 느껴진다

하모니카를 부수고 싶지만
내 손이 닿지 않는 나의 가슴 속 안에

진동은 멈추지를 않네

말 없는 달팽이

말이 없는 달팽이는 홀로 제 갈 길을 찾아간다
달팽이의 여정은 멀지 않다만
그에게 넓은 풀잎이 우리에게 조그맣게 보일 뿐
단지 우리는 그렇게 열심히 사는 달팽이를
지켜줘야 할 이유가 있는 것이다
과묵한 달팽이는 오늘도 이슬을 머금은
풀잎 위를 거닐며 자유를 찾아서
자신만의 길을 만들어가고 있다

나무

나무가 되고 싶다

나무는 추위를 느끼지도

더위를 느끼지도 않지 않을까

그런데 왜 나무는 슬픔을 느낄 거라는 생각이 들까

저 슬픈 나무를 보며 나도 따라 서글퍼지네

몽고반점

제

6

부

의문

먼저 가면 기다려야 하고

뒤떨어지면 기다려주지 않을 때

나는 지치곤 한다

무엇이 나를 움직이고 굴러가게 하는지

나는 가끔 의문에 잠긴다

그렇게 나는

잠긴 채 오늘도 굴러가고 있다

몽고반점

슬픔

누군가 행복하기 위해서
어딘가에서 누군가 불행에 마음이 아프곤 한다

아무도 모르는 상반되는 세상의 이치로

이 세상은 돌아가고 있다

슬픔에 몸져눕는 이가 있다면
기쁨에 자지러지는 자가 있기도

같이 누워 있는데 어찌도 다를까

아픔을 나눠 갖기에는 너무나도 크기에
때로는 아무것도 모른 채

누워 있는 것이 나을지도 몰라

가을의 공기

발이 차다

공기가 차갑게 느껴지는 계절

서랍에 있던 양말을 꺼내 신는다

두툼한 양말 걸치고 저만치 밖을 바라본다

아련한 계절이 찾아왔다

몽고반점

웃음

웃음이 날개 돋친 듯 찾아와
밝던 연극이 끝나고 커튼은 닫히며
적막한 공연장엔 웃음도 걷힌다

어두컴컴한 커튼 사이로 비친다
밝은 빛이 새어 들어가지만
적막함 속에 감춰져 버린다

웃음의 날개는 불 타 없어져 버리고
표정 없는 가면의 무리가 나타난다

커튼이 개지 않는 이상

가면은 사라지지 않고
적막함 속에 여전히

뱃속의

나의 뱃속에서 고동 소리가 울린다
왼쪽 옆구리에서 쉼 없이 울려온다
하얀 기포가 하늘 위로 올라간다
기다란 터널에서 무슨 일이 벌어지는지
배를 움켜잡아보아도, 머리를 쥐어뜯어보아도
멈추지 않는 소리에 불안함이 밀려온다
하늘 위로 올라가 하얀 기포는
하얀 구름이 되었다

몽고반점

김

내 눈에 서린 김
글씨를 써보아

눈을 떴다 감아보아도
지워지지 않는

점 하나 찍어보아
선을 하나 그어보아도

변하지 않는 자국

시간이 지나며 서서히 사라져가는 김
남는 건 점과 선의 흔적뿐

가치와 이념에 이상

　　순박한 마음을 짓누를 자 어디 있으리 가령 밟힌다
한들 뿌리 꺾여 주저앉기에 이르니 내면에 갖힌 선을 깨우
기에 정진하리. 사색이 온화한 자는 내뱉는 호흡도 따뜻
하며, 소리 내어 뱉는 말들 또한 듣는 이의 심신을 정화한
다. 깊은 곳 어딘가에 숨어 있는 그 계곡이 코앞에 당면하
게 되어 나의 얼굴이 계곡의 냉기로 차가워질 때에 비로
소 도락에 이르어 만물의 가치를 대면할 수 있지 않을까.

　　　　　몽고반점

변하지 않는 것

비천한 몸뚱어리 삐걱대기 시작하면
마음의 물길도 요동치기 시작하네

내 눈은 저 산길 푸르른 소나무 바라보지만
흘러가는 물결같이 몸도 흘러 흐늘흐늘

심신의 안정을 바라기에 몸뚱어리 죄인이 되어
힘겨운 마음앓이하며 살아가네

변하지 않는 것 2

나부터 변하지 않았는데

과연 무엇이 변하길 원하였던 것인가

발밑을 잘 살펴보았는지

땅이 꺼지지는 않았는지

돌부리에 발이 걸려 있지는 않은지

몽고반점

어린왕자

구렁이에게 잡아먹힌 코끼리는

그 긴 코를 빼내어 숨을 내쉰다

어린왕자 칼을 꺼내 들어

배를 갈라 코끼리를 구해낸다

코끼리로 인해 숨을 쉬지 못하고 있던

구렁이 어린왕자의 칼에 죽고 말았다

어린왕자 2

집을 떠난 어린왕자는
돌아오지 않는다

어린왕자의 발자국은
조그마한 나뭇잎이 아닌

커다란 잎사귀 되어 뒤덮는다

더 이상 어린왕자는
돌아오지 않는다

그 집을 기억하지 않는다

몽고반점

해와 달

저무는 해는 뒤를 돌아보지 않는다

떠오르는 달은 무신경하게 세상을 밝힌다

해를 바라보지 못하여

달을 보아 나의 마음 평안해진다

일기

2019년 12월 23일
오랜만에 눈물을 흘렸다
마음 독하게 먹고 살고자 하며 살고 있는
와중에 뭐가 이리 나를 힘들게 하는지
세상은 뭐가 이리 멀게만 느껴지는지
품 안에 싹튼 풀잎이 더욱 커져만 가야 하거늘
품 안에 움켜쥐어 자라나지 못하게 하는 것만 같네
단비 내려 고요히 흘러가면 얼마나 좋으리
힘겹게 비바람 이겨내면 얼마나 좋으리
고역 지나가 따스한 햇살 맞이하면 얼마나 좋으리

몽고반점

사랑愛

누군가의 아픔이 사무치도록 그리울 때

그 아픔마저 사랑할 수 있을까

슬퍼말기를

적잖이 지켜보고

말없이 바라보고

내색 없이 묵묵히 서 있으리

희로애락 모두 가시고

나 혼자 남아 있으리

한량

인생에 있어

술과 글과 여인만 있으면

행복하기 그지없다

엉덩이

엉덩이가 가려워 얼굴을 긁었다

얼굴이 가려워 엉덩이를 긁었다

몽고반점

대마

시골 마을 아득한 대마밭 어귀
쪼그려 앉아 조용한 연기 하늘로 올라가며
시시껄껄거리는 소리

먹색 교복 입은 아이들
옹기종기 모여

푸르른 하늘 밑
눈앞에 광대 바라보며
광대가 내려가지 않네

그 시절을 기억하네

어

세상이 어두운 이 시간
깜깜한 줄 알았던 세상은
뿌옇게 덮여

희미하게 보인다

숨은 달님은
오늘 밤
포근한 먹구름 이불 삼아

쉬는 날

몽고반점

소

어릴 적 논밭에서 맡던
소똥 냄새

다 커버린 지금

소를 구워
빨갛게 물든 육즙 가득 흘러내리는

욕망 그득한 단백질로
욕심 채우네

지금 당장 소똥의 향을 맡는다면
주저앉아 울음을 그칠 수 없겠지

우물

목이 마른 자는 우물의 물을 마시지 않는다

단비를 기다리며 우물에 물이 가득차길 기다린다

목마름을 욕심으로 가득 채워 나누어준다

몽고반점

멀지 않은 곳

만일 그대가 드높은 산을 우러러본다면
마음의 욕심과 부정적인 감정은 보이지 않고

저 높은 빌딩을 우러러본다면
회색 숲에 눈이 멀어 진짜 숲을 보지 못하리

지나가는 박새 한 마리
산 어귀 자유로이 드나드네

무리 지어 가는 박새 무리
빌딩 숲에 머리 박아 고꾸라지네

슬프기만 한 빌딩 숲에서 저 높은 산을 바라보고 있네

시

시적허용을 허락했던 화자는

그날

자신의 인생에서 시적허용이 본래 있었음을 깨달았다

벅찬 감동이 밀려와 내면에서 투명한 물방울 맺혀

이슬 같은 눈물을 흘리고 있었다

엄마

엄마라는 단어에 그림을 그리다
커다란 나무를 그리며
굵은 가지들을 그리다
가지들이 가냘프고 꺾여만 간다

엄마라는 단어는 행복하다
한없이 슬프기도
어린아이 나뭇가지 주워가며
나무 주위를 서성이다

이게 아닌데 그게 아닌데

쥐뿔도 없는데
저만치 쳐다만 본다

씨불이는 건지
비아냥대는 건지

환청 마냥

이게 아닌데 그게 아닌데

저만치 멀리 간 돌덩이 멈추지 않아

저편으로 사라지네

제

7

부

몰랐다

아픔이 즐겁고
슬픔이 행복하고

나의 마음을 위로하자니
그렇지 아니하고 멀지 않은

탁상에 놓인 마음 하나
주워 베어 물어보니

머리가 짜릿하고
가슴이 쪼그라드네

몽고반점

삶의 이유

무엇 때문에 살아가고 있는 것인가

어떠한 이유로 삶을 지속하고 있는가

이유란 정해지지 않았을 뿐

아마 목숨 다하는 그 날

그 이유에 대해 알게 될 것이다

바라보는

눈망울의 핏대가 선다

핏대가 줄어들며

초점도 흐릿흐릿

다시는 눈을 뜨지 못할 마음에

손가락가락으로 눈을 벌려보아도

조용히 차츰 멀어지다

몽고반점

괜찮다

그대 아무 걱정 말아요

그대 아무 일도 없었죠

그대 아직 달릴 수 있어요

그러다 보면 마주할 수 있어요

소녀

처마 끝 밑에 앉아
책을 읽는 한 소녀를 보았다

빗방울이 주룩주룩 흐르는
나의 세상에 한 소녀만이 보였다

잔디가 춤을 추고 꽃잎이 휘날리는
계절에 소녀가 태어났다

세상이란 절벽 앞에서
먼 하늘을 마주하게 된 순간부터

나는 그 소녀를 연모하게 되었다

시골

닭이 울고
논밭의 개구리가 울며

새벽의 달이 저무는 계절에
우리네 향기는 저물어가는 마음 속에

가득히 깊어져만 가느니

밤하늘 저무는 저 계절에
앞서가는 마음 훔칠, 누가 있으리

슬퍼하는 마음 뒤로하고 늘 앞만 보자 다짐하거늘

세월이 그리 흘러간다

지나간 현실은
그저 그런 하루였다만
일 년 이 년이 지난 내게
추억이 되어간다

그렇게 가고 있다

세월이 그리 흘러간다

하늘

푸름이 쓴 하늘에
그린 붓글씨는

넓디넓은 도화지 채우기에
한없이 부족하네

하늘에 나무를 그리고 싶어

손을 뻗어

깊은 곳
닿지 않는 먼 곳

눈동자에 담아두네
푸른 하늘 어렴풋이 날 사랑했네

참새라는 아이

창가에 비친 참새를 보며
나는 도심 속 자연에서 놀고 있는 아이

동화 속 동물처럼

춤을 추는 모습을

나는 참새의 춤사위를 보았다

행복한 모습의 참새라는 아이를

몽고반점

달 1

머나먼 저 달은 내 눈앞에
있는 줄 아는데

내 꿈속에 저 달은
토끼가 방아 찧는데

보이지도 들리지도 않는데

왜 달을 보면 눈이 부시고
눈물이 흐르지

달 2

나는 달에게 물었다

이 검은 하늘 왜 비추고 있니
내가 살아가는 이 세상 어두운데

왜 비추고 있니

갑자기 먹구름 안개 사이로 몸을 감춘다

다시 나타나며
환하게 비추는 달

달이라는 존재이기에
보이지 않아도 밝았다

몽고반점

미안하다

오두막 깊은 곳에 나무가 삐그덕대는 소리에
아이는 남자아이는 오줌을 바지 밑자락까지
싸버렸다

내 바지의 밑단은 어딘지 모르는데

그 아이의 바지 자락은 그렇게 드러났어야 했을까
뭐가 그 아이를 괴롭히는지

신기루

신비한 가루를 불어보아요
가루가 흩날리며 눈앞에 보이던 환상이

사라지고 사막이 보이네요
우두커니 나 홀로 서 있는 사막에

희망 하나 보이지 않네요

신비한 가루 다시 한번 불어보아요
태평양 한가운데 무인도에 내가 서 있네요

사실 신비한 가루는 없었어요
내가 의지할 이유가 없었어요

나는 내가 원한다면
사막이든 태평양 한가운데든
홀로 서 있을 수 있어요

몽고반점

빗걸음질

빗물이 그치자 고인 웅덩이
요동이 점차 멎어드네

작은 빗방울들이 웅덩이를 만들고
요동을 만들었네

아무것도 없던 바닥
웅덩이가 생겨나고 걱정이 생겨났네

결국 비가 지나가면 잠잠해지리

해가 뜨면 웅덩이마저 마르리

이 또한 별것 아니었음을

걷다보면 비는 그치고 해가 뜨리

기쁨의 곡

기쁨의 곡을 들려주리라
극을 치닫는 행복을 느끼리라

향락의 정제된 행복을 찾으리라

아픔 없는 차이코프스키의
협주곡 1번을 들으리라

뇌까지 울려 퍼지는 기쁨의 곡
들으리라

제주도의 구름

땅과 붙어 있는 구름아
내가 거길 걸어도 되겠니

제주도의 해풍에 떠다니는 구름아
나도 같이 떠다녀도 되겠니

그 구름에 파묻혀 사라지고 싶다

구름에 파묻혀
바람과 함께
내리쬐는 빛과 함께 파묻히고 싶다

태풍의 사랑

바람이 몰아치고 비가 거세게 내리며
갈대가 휘청이고

나뭇잎이 흩날리는 오늘

우리의 마음과 정신은
흔들림에 더욱 견고하게

우뚝 솟아 하루를 무사히 보내리라

사랑하는 그대에게
태풍 같은 내 마음 잔잔한 바람이
되기까지 길고 긴 시간 함께하였네

앞으로 긴 여정 무풍이 될지언정
나의 갈대 나의 나무

무풍에 흔들리지 않으리

몽고반점

앞길

인생은 소설이라 하거늘
누가 앞날 어찌 될지 아리

허나 슬픔 고통 행복 인간 모든 감정
아무도 모르나 자신만이 내다볼 수 있으리

부는 바람에 갖고 있던 감정 보내고

부는 세월에 갖고 있던 세월을 보내리

내 님께 하지 못하고 담아두었던 말
바람과 함께 날려 보내리

떠나보내며

짧은 시 한 구절을 읽는
저 사내
뭐가 그리 구슬퍼
방울 같은 목젖 슬피 떨며
읊고 있나 울고 있나
한손에 구겨진 종이와
바닥엔 텅 빈 항아리 놓여 있네
허공엔 하얗게 재가 흩날리네
가슴엔 한 사람만이 남아 있네

어느 가을날

가을의 거리를 홀로 거닐며

온통 붉어가는 골목 거리
정처 없이 떠돌며

우두커니 멈춰 서

바람에 떠밀려 저기 떠도는 낙엽을 보니
나와 다를 바 없음을

가을날 조용한 거리 나의 귓속엔
낙엽의 울림만 외칠 뿐

아득해져만 가던 어느 가을날

코끼리의 손

엄마 손잡고 동물원 간다
신난다

저기는 원숭이
저기는 앵무새
저기는 사자
저기는 호랑이

저기 있는 코끼리

"우와 엄청 크다"

"엄마 근데 코끼리는 왜 코가 손이야?"

엄마가 대답을 한다

몽고반점

"코끼리의 코는 숨결이 드나들어서
아픈 자를 어루만지기 위한 손이란다
엄마 바람은…
우리 아들도 코끼리 같은 어른이 되어야 한다"

어느덧 노을은 저물어가고
코끼리도 뒷모습만 보이며
조용히 우리 안으로 들어간다

다시 내일 어린아이들을 위해
손으로 인사를 내밀겠지

백발의 노인

커다란 시간 앞에
우리의 하루하루는 그저 작은 개미일 뿐

먼 미래가 되어
내가 백발이 되어

개미의 시간은 결국 추억과 지나간 기억일 뿐

백발의 노인이 되어버린 개미는
아무것도 신경 쓰지 않아

그저 하루하루만을 바라보아

몽고반점